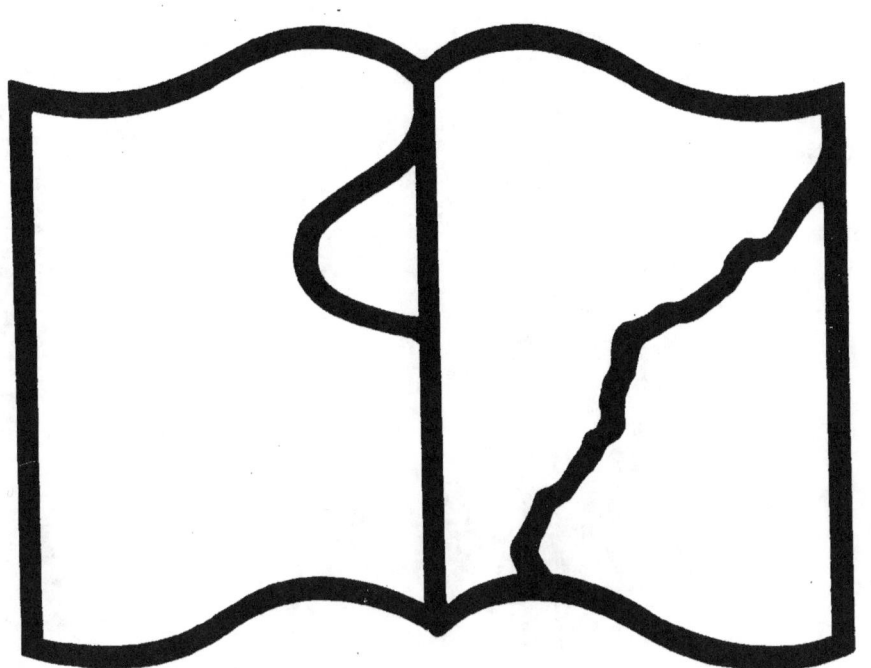

PHROSINE

ET

MÉLIDORE.

PHROSINE

ET

MÉLIDORE,

POËME

EN QUATRE CHANTS.

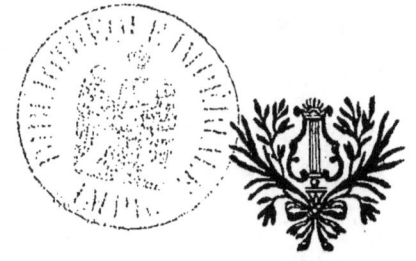

A MESSINE,

Et se trouve A PARIS,

Chez LE JAY, Libraire, au Grand Corneille,
rue S. Jacques.

M. DCC. LXXII.

Car. Eisen del.   N. Ponce sculp. 1772.

PHROSINE

ET

MÉLIDORE,

POËME.

CHANT PREMIER.

Muse plaintive, ô toi, qui fais répandre
Ces pleurs touchans, délices d'un cœur tendre ;
Des vrais Amans, toi qui peins le malheur,
Donne à ma voix l'accent de la douleur !
Que la pitié, les regrets, les alarmes,
Où l'intérêt fait trouver tant de charmes,
En soupirant accompagnent tes pas :
Toi, qui chantois Léandre & son trépas,

A

Sur ce rivage où l'Amour pleure encore,
Chante avec moi Phrofine & Mélidore.
Noms immortels, noms fi chers à l'Amour,
L'oubli vous rend à la clarté du jour.

    Près des écueils de Caribde & de Scylle
Paroît Meffine aux rives de Sicile.
Là, cent palais, fouverains de ces mers,
Le pied dans l'onde ont le front dans les airs.
Son port fuperbe, abri de la fortune,
Sauve Plutus des fureurs de Neptune ;
Tout l'or de l'Inde éclate fur fes bords ;
Mais c'eft envain que l'Afie & fes ports
Comblent le fien de richeffes nouvelles,
Ses vrais tréfors étoient deux cœurs fidelles.
Là Mélidore avoit reçu des cieux
Des biens fans nom, des vertus fans aïeux ;
Là, dans le fein d'une illuftre famille
Des Faventins on voit briller la fille.
Peindrois-je, ô Dieux ! fa grace & fes attraits !
Que l'art fécond forme les plus beaux traits,

Qu'il embelliffe, exagere, imagine,

Il rend Vénus & ne rend pas Phrofine.

Son ame étoit le pur foufle des Dieux,

Un doux raïon éclatoit dans fes yeux.

Son âge heureux fortoit de fon aurore,

C'étoit le teint & la taille de Flore ;

C'étoit d'Hébé le fourire vainqueur,

Et cette voix, l'écho touchant du cœur.

Son cœur enfin fut le don trop funefte

Qui couronna, mais perdit tout le refte.

Long-tems l'Amour, tremblant à fes genoux,

En fit l'efpoir & le tourment de tous ;

Dans fon carquois fes traits dormoient encore,

Mais à Phrofine il fit voir Mélidore.

De leurs regards partit un double éclair

Pareil à ceux qui fe croifent dans l'air.

Rapide élan, tendre accord, bien fuprême,

Moment d'extafe où l'on plaît comme on aime.

Ce fut aux jeux qu'on célébroit au port,

Qu'Amour, en eux, montra ce doux rapport.

Mille Beautés, dans ces fêtes brillantes,
Voguoient en mer fur des barques galantes.
Phrofine y vint, Mélidore y courut ;
Pour eux la fête auffi-tôt difparut ;
Sans fe parler, leurs regards s'entendirent ;
De leurs tranfports, leurs ames s'applaudirent.
Tout le progrès, tout l'effet que produit
Le cours du tems, d'un inftant fut le fruit :
Le tendre aveu de leur commune atteinte
Fait fans détour, fut écouté fans feinte ;
Mais, des rivaux l'attente, & le courroux,
L'œil des parens, le réveil des jaloux
Vint arrêter l'Amour dans fa carriere,
Et de l'obftacle éleva la barriere.
Phrofine avoit deux freres, fes tyrans,
Deux Faventins, orgueilleux de leurs rangs ;
L'un, c'eft Aymar, ivre de fa naiffance,
Des plus grands noms recherchant l'alliance :
Jule étoit l'autre ; un trait empoifonné
L'avoit rendu plus craint que fon aîné.

Dès son jeune âge un amour trop funeste,

Livra son ame aux flâmes de l'inceste.

C'est un regard aussi pur que le jour

Qui donna l'être au plus impur amour.

Tel le poison dont Circé fait usage,

Naît du soleil, honteux de son ouvrage.

Le même jour qu'Aymar ambitieux,

Sacrifiant Phrosine à ses aïeux,

Nomme l'époux que son choix lui destine ;

Ce jour-là même, à sa sœur, à Phrosine,

Jule, en secret, avouant ses ardeurs,

Lui dévoila son crime & ses fureurs.

« Ma sœur, dit-il, tu vas frémir sans doute ;

» Plains-toi, rougis, frissonne, mais écoute.

» Enfin mon cœur échappe à mes efforts,

» En te voyant je cede à ses transports.

» Je ne puis plus te cacher qu'il t'adore ;

» J'étouffe envain le feu qui me dévore ;

» Hélas ! ce feu s'accroît loin d'expirer,

» Par mes efforts je l'excite à durer,

» Et je me fais une guerre cruelle.

» Pourquoi le Ciel en te créant si belle,

» S'il m'a connu, m'a-t-il mis près de toi ?

» De t'adorer il m'impofa la loi.

» Rappelles ici le berceau de notre âge,

» Nos premiers goûts, nos jeux, notre langage,

» Cette union, ces faveurs, ces plaifirs

» Que permet l'âge à d'innocens defirs.

» Jeune, imprudent, fans remords, fans alarmes,

» Je m'enivrois du poifon de tes charmes.

» Mon cœur, enfin, te parla fans détour,

» La voix du fang fut celle de l'Amour.

» J'en vis le crime, & ne pus m'en défendre.

» Phrofine!.. ah Dieux! tu frémis de m'entendre;

» Demeure, attends.. … j'expire fi tu fuis,

» J'ai fi long-tems dévoré mes ennuis !

» Mais ton hymen aujourd'hui m'affaffine.

» Un autre, ô Ciel! dans les bras de Phrofine !

» Un autre!… & moi déchiré nuit & jour,

» J'aurai, fans toi, mon crime & mon amour!

„ Pardonne ou frappe : indulgente ou févere,

„ Parle, & choifis d'un époux ou d'un frere ;

„ Si je te perds, je fuis mort : & ta main

„ En fe donnant, me percera le fein ».

Que devint-elle, à cet aveu terrible?

Phrofine éprouve un fentiment horrible,

Mêlé d'effroi, de honte & de pitié.

Jule avoit eu fa plus tendre amitié;

Sans cet amour, Jule étoit digne d'elle,

Mais détefant fa flâme criminelle,

Elle recule, & détournant les yeux,

Fuis-moi, dit-elle, abandonne ces lieux;

Va, ne crains point l'époux qu'on me deftine,

Et fi tu peux, garde un frere à Phrofine.

De cet hymen un bruit fourd répandu

Fit accourir Mélidore éperdu;

Et cet Amant apportant fes alarmes

Vint à Phrofine arracher d'autres larmes.

Ainfi l'orgueil, la nature & l'amour

Par trois liens l'enchaînoient tour-à-tour.

Sans celle Aymar lui parloit d'hyménée;

Jule traînoit fa vie infortunée,

Et par tous deux Mélidore alarmé,

Goûtoit envain le bonheur d'être aimé.

Né fans noblesse, il crut que l'opulence

Des Faventins tenteroit l'alliance.

Ainsi l'Amour fur les aîles du vent

Le fit courir aux portes du Levant.

Ligués pour lui, Mars, Éole & Neptune

Accéléroient le cours de fa fortune ;

Par leur objet rendus plus précieux,

Ses biens facrés, intéressoient les Dieux.

Riche, fur-tout, d'un efpoir inutile

Il vole, arrive au phare de Sicile.

Il voit Phrofine : il croit que fes deftins

Vont l'égaler au fort des Faventins.

Phrofine même en conçoit l'efpérance,

On parle, on presse ; on difcute, on balance.

Enfin la gloire étouffant l'intérêt,

L'Amour reçoit le plus fatal arrêt.

Jule, amoureux, nuit sur-tout à leurs flâmes.

Le désespoir s'empare de leurs ames.

Adieu, Phrosine, adieu, j'ai tout perdu,

S'écrie alors Mélidore éperdu.

Le Ciel n'a pu voir unir, sans envie,

Mon être au tien, mon destin à ta vie.

Que sert tout l'or que Neptune a sauvé?

Je perds Phrosine, on m'a tout enlevé.

Dans la mort seule est l'espoir qui me reste,

Je l'obtiendrai par un exil funeste.

Si j'attachai ma vie à tes appas

Je dois la perdre où tu ne seras pas.

J'y cours… tu pars, & je ne puis te suivre!

Dieux! à quels maux ta fuite ici me livre!

L'Hymen, l'Amour vont me persécuter;

Non! pour te voir j'oserai tout tenter.

Espere, attends, ranime mon courage :

De ce jardin le mur touche au rivage;

Près de la mer il peut te ménager

Un accès libre, & loin de tout danger.

Voilé par l'ombre, aidé par le myftere,

Tu guideras ta marche folitaire.

J'ai tes fermens, je t'ai donné ma foi,

Phrofine a-t-elle à rougir avec toi?

L'Amour enfin, ton falut me décide,

Ma jeune efclave Aly fera ton guide.

Sur nos tyrans les pavots tomberont,

Et Mélidore, & l'Amour veilleront.

De quel efpoir fon alarme eft fuivie

A ce difcours, à ce fouffle de vie!

Pour mieux tromper des yeux encore ouverts,

Il feint alors d'avoir rompu fes fers;

Et cependant il brûle de voir naître,

L'heure où Phrofine ordonne de paroître.

Elle ignoroit qu'Aymar, par ce détour,

Souvent la nuit fortoit de ce féjour.

La Lune au Ciel éclatoit fans nuage,

Qüand Mélidore arrivant au paffage,

Ouvre, & foudain voit Aymar, en eft vu;

Chacun frappé d'un afpect imprévu,

Frémit, recule, héfite & fe regarde.

Bientôt armé, l'un & l'autre eft en garde.

Le fer fe croife, & le trait à la main,

Long-tems la mort vole autour de leur fein.

Enfin Aymar redoublant fon audace,

Cherche le coup qui l'étend fur la place.

Jule amoureux, tout plein de fes malheurs,

Là, très-fouvent promenoit fes douleurs.

Cette nuit même, errant fur le rivage,

Il voit de loin ce combat qui s'engage;

Il vole, accourt, trouve Aymar abbatu,

Qui s'écrioit, ô Jule, que fais-tu?

Venge ton frere. O Ciel! c'eft Mélidore!

C'eft toi, dit Jule, infolent que j'abhorre,

Dans ton vil fang j'éteindrai ton amour:

Meurs, traître! Il dit, & combat à fon tour.

Quittant alors la terraffe voifine,

Aly vient, voit, tremble, & vole à Phrofine.

Phrofine accourt, & d'un œil éperdu,

Voit fur le corps de fon frere étendu,

Son frere armé qui combat Mélidore :

De Jule atteint, le fang couloit encore.

Elle s'élance au milieu de leurs coups.

Cruels, dit-elle, ô Ciel! que faites-vous?

Percez Phrofine, ou rendez-lui vos armes.

Ce nom, ces cris, fes beaux yeux tout en larmes,

Ses bras enfin qu'elle levoit aux cieux,

Calment d'abord deux Tygres furieux.

Phrofine voit Aymar fur la poufliere,

S'y précipite & l'embraffe & le ferre.

On vient en foule. Un autre fentiment

La fait trembler pour fon cruel Amant.

Va, fuis, dit-elle, adieu. Phrofine refte

Dans les horreurs de cet état funefte.

Aymar vécut après de longs fecours.

Jule guérit, & foupire toujours.

Au défefpoir fe livra Mélidore ;

Contraint de fuir un féjour qu'il adore,

De fa main même il brûle fes vaiffeaux,

Fait croire à tous fon trépas dans les eaux :

Et dérobant les apprêts de fa fuite,
De fes rivaux évite la pourfuite;
S'il traîne ailleurs un fort irréfolu,
S'il vit enfin, Phrofine l'a voulu.

Fin du Chant Premier.

Ch. Thien, inv.   C. Baquoy, Sculp.

CHANT SECOND.

Non loin du port, au couchant de la Ville,
Du fond des eaux paroît sortir une Ile ;
Un triste écueil, un rocher menaçant ;
L'onde en courroux s'y brise en mugissant.
L'un de ses flancs, moins battu par l'orage,
Permet l'abord d'un asyle sauvage.
L'espace étroit du rocher entr'ouvert,
D'herbe, de mousse & de rameaux couvert,
Étoit l'abri d'un pieux Solitaire,
Vieux pénitent, fugitif volontaire,
Qui, de ce roc ayant fait un saint lieu,
Prioit en paix, & reposoit en Dieu.
Les ans penchoient sa tête octogénaire,
Un sac formoit son vêtement austere ;

Sur un cordon fa barbe retomboit,

Et fous fon poids un bâton fe courboit.

C'eft au milieu d'une pente rapide

Que la Nature, Architecte folide,

Creufa du Saint, l'afyle révéré.

Là fon autel, d'une lampe éclairé,

Étoit orné de groffieres images,

Qui des Croyans atteftoient les hommages.

Un lit de natte, un oratoire auprès,

De la cellule étoient les feuls apprêts.

Le fond de l'antre offroit une ouverture,

D'où s'épanchoit une fource d'eau pure;

Et, loin du bruit que la vague formoit,

A ce murmure un fage s'endormoit.

Son aliment étoit le coquillage,

Qui chaque jour échouoit au rivage;

Un coin de terre avoit laffé jadis

Ses bras, par l'âge énervés & roidis.

Sur le rocher qu'il habitoit encore,

Le défefpoir conduifit Mélidore;

Sur

Sur une barque en fecret amené,

Il fe préfente au Vieillard étonné;

Dit fes malheurs, l'attendrit, & partage

Avec tranfport cet affreux héritage.

Mon fils: it le Solitaire heureux,

Si, dégagé des piéges amoureux,

Ton cœur paifible a bien rompu fa chaîne,

Que béni foit l'heureux jour qui t'amene!

Du fort, ici, j'ai défié les jeux;

Toujours ferein fous un Ciel orageux,

J'ai vu, trente ans, le reflux de cette onde

Qui m'invitoit à retourner au monde.

Il m'a trompé; je l'ai fui pour toujours;

Mais, quand je touche au dernier de mes jours,

Le Ciel fenfible écoute ma priere:

J'aurai ta main pour fermer ma paupiere.

Tu vois mes biens, fuccede à mon bonheur:

Fuis, fans regret, un monde fuborneur:

Sers Dieu, voilà l'Être qu'il faut qu'on aime,

Et tout à lui, fois content de toi-même.

B

Il dit, l'embraſſe, & verſe dans ſon ſein
Quelques rayons de cet Eſprit Divin ;
Mais vainement il combattit ſa flâme,
Le calme encore étoit loin de ſon ame.
Ah! qui pourroit effacer dans un jour
La profondeur des traces de l'Amour?
C'eſt le torrent qui ſillonnant la plaine,
A tout empreint du ſable qu'il entraîne.
Les prés rougis, les guérets dépouillés,
Marquent les lieux que ſon cours a ſouillés ;
Mais un printems ſuffit à la nature
Pour réparer l'émail & la verdure ;
La vie entiere à peine reproduit
La paix du cœur qu'un ſeul inſtant détruit.
Bientôt l'Hermite au bout de ſa carriere
Vit ſans regret s'éclipſer la lumiere.
La faulx du Tems l'étendit au tombeau,
Et ce déſert eut un maître nouveau.
Ce n'étoit plus cet habitant paiſible,
Cet heureux ſage, au trouble inacceſſible,

Dont aucun choc n'ébranloit la vertu,

Qu'on vit femblable à ce rocher battu,

Qui, réfiftant aux tempêtes de l'onde,

Se repofoit fur fa bafe profonde.

C'eft un Amant agité, fans repos,

Tel qu'un navire emporté par les flots.

Etois-tu donc plus tranquille au rivage,

Toi dont le Ciel éprouva le courage?

Quels maux en foule il étendit fur toi,

Depuis ce jour de combat & d'effroi!

Mais, faifant tête au deftin qui l'opprime,

A tous ces coups Phrofine fe ranime.

Son foin actif met tout en mouvement

Pour éclairer le fort de fon Amant.

S'il vit encore; eût-il traverfé l'onde,

Phrofine iroit aux limites du monde;

Mais les Amours n'ont pas volé fi loin.

De cette fuite un Pêcheur fut témoin;

Par lui, Phrofine apprend tout le myftère.

A ce rapport un trait de feu l'éclaire,

De son bonheur un rayon se fait voir,
Et rend l'essor aux aîles de l'espoir.
L'astre brûlant, dans sa course rapide
Montoit au signe où le Lion préside.
Flore expiroit. Les plus vives chaleurs
De Cérès même altéroient les couleurs.
Pour fuir les feux de la voûte Ethérée,
Doris cherchoit les grottes de Nérée,
Et l'habitant du terrestre séjour
Ne respiroit que la fuite du jour.
La mer bornant la maison Faventine,
Baignoit les murs qui renfermoient Phrosine;
Un sûr asyle, ignoré dans ces lieux,
Formoit pour elle un bain délicieux.
Là, chaque nuit Phrosine descendue,
Menoit Aly sa compagne assidue.
Là, sans rougir, ses plus secrets appas
Souffroient des yeux qu'elle ne craignoit pas.
Des jours brûlans l'onde appaisoit la flâme,
Sans apporter ce remede à son ame.

Dans le sommeil ses esprits languissans
Avoient fait place à l'erreur de ses sens.
Des régions qu'habitent les mensonges
Étoit parti le plus heureux des songes.
Non, ce Vieillard par des hiboux traîné,
Teint de pavots, de crêpe environné ;
Mais un Enfant sans voile & sans nuage,
Tout rayonnant de l'éclat du bel âge,
Au doux sourire, au teint frais & vermeil
Il répandoit les roses du sommeil.
Le mouvement de son aîle divine,
Rafraîchit l'air que respiroit Phrosine ;
Sa douce haleine embauma ce séjour.
Ce bel Enfant, ce songe étoit l'Amour.
Ce Dieu, traçant de subtiles images,
Peint ses rideaux de rians paysages :
Il met la main sur son cœur, & lui dit:
« Sois attentive au sort qui t'est prédit.
» Vois cet Empire où Neptune préside,
» Viens-y briller, je t'y fais Néréide.

B iij

» Nymphe nouvelle, ofe en cet élément

» Suivre l'Amour & chercher ton Amant.

» Brave les flots, les rochers & l'orage,

» Un Dieu puiffant va t'ouvrir le paffage ».

Phrofine alors dans fes deftins nouveaux

Crut fe jouer, crut voguer fur les eaux ;

L'Amour guidoit fa courfe fortunée.

Au bord d'une île elle fut amenée.

« Tu dois, dit-il, y pénétrer un jour,

» Et ton Amant eft Roi de ce féjour ».

Là difparut l'Amour & fon ouvrage.

Elle s'éveille, adorant ce préfage,

Et, le cœur plein de ce rêve enchanteur,

Elle ofe attendre un avenir flatteur.

Avec Aly de ce fonge occupée,

Au bain, fur-tout, Phrofine en eft frappée.

C'eft toi, dit-elle, ô fatal élément,

Qui de mes bras éloignes mon Amant !

A l'intérêt, fi tes vagues dociles

Pour les mortels ont des routes faciles,

De ton pouvoir fais un plus digne emploi,
Sers mon amour, éleve, emporte-moi;
Unis Phrosine à son cher Mélidore.
En agitant les ondes qu'elle implore,
Soudain le sable échappe sous ses pas;
Son corps s'étend, balancé sur ses bras;
Ses pieds, de l'onde atteignent la surface,
Un fol espoir animoit son audace.
Aly trembloit, Phrosine s'égarant
Nageoit encor; mais son cœur expirant
Trop foible, hélas! la rappelle au rivage.
« Aly, dit-elle, as-tu vu, quel présage!
» L'amour, sans doute, écoute mes desirs,
« Il soumet l'onde, & commande aux Zéphirs.
» J'irai plus loin » : elle dit, & s'élance,
Bat, fend la mer, nage à plus de distance;
Revient, retourne, & jouant sur les eaux,
S'exerce encore à des périls nouveaux.
Ce que l'Amour inspire à cette Amante,
La jeune Aly, par amitié le tente.
Un voile tombe, un autre est détaché,
Sous chacun d'eux un Amour est caché :

B iv

Mais ces attraits, mais leur grace divine,

Rendent hommage aux graces de Phrofine.

Ses lys, fur-tout, triomphent en blancheur,

Et Vénus même envieroit fa fraîcheur.

Aly, dans l'onde où Phrofine l'attire,

Étend un pied, pouffe un cri, fe retire,

Rentre, chancelle, avance ; & chaque pas

Enfévelit quelqu'un de fes appas.

Elle ofe enfin fuivre la Néréïde,

Qui, fur les eaux fe foutient, & la guide.

Phrofine, Aly, s'exerçoient **tour-a-tour.**

Telles on voit au fommet d'une tour

Prendre leur vol deux jeunes hirondelles,

Et l'annoncer par un battement d'ailes

L'une en tremblant s'effaye à voltiger,

L'autre plus prompte affronte le danger,

Défigne un terme au vol qu'elle médite,

Part, vole, fuit ; fa compagne l'imite,

La fuit, l'atteint ; & toutes deux au pair

Vont mefurer les campagnes de l'air.

Fin du Chant Second.

Ch. Eisen, inv.

C. Baquoy, Sculp.

CHANT TROISIEME.

Le préjugé, fous des chaînes cruelles
Affujettit l'ame & l'efprit des Belles.
Reines des cœurs, mais efclaves des loix,
L'orgueil de l'homme ufurpa tous leurs droits.
Il affervit l'idole qu'il encenfe,
Il rend le culte & ravit la puiffance ;
En adorant il regne, & dans fes Dieux,
Voile un éclat qui blefferoit fes yeux.
Sexe adoré, quelle feroit ta gloire,
Si te laiffant difputer la victoire,
Tes humbles vœux n'avoient pas limité
Ton appanage aux dons de la beauté ?
Telle une fource & brillante & féconde
Naît dans l'efpoir de parcourir le monde,

Roule fes flots , & d'un cours qu'elle étend,

Promene au loin le tribut éclatant ;

Mais l'art trompeur l'arrêtant fur la rive,

Par cent canaux l'enchaîne & la captive ;

Ainfi borné, fon cours infructueux

N'embellit plus qu'un jardin faftueux.

Dans leurs prifons fes ondes étrangeres

N'arrofent plus que des fleurs paffageres.

Rompez la digue, un fleuve naît alors,

S'étend, circule, enrichit tous fes bords ;

Répand l'efpoir, la vie & la fortune,

Et va groffir l'Empire de Neptune.

De la beauté tel feroit le deftin.

Brifons fes fers, fon triomphe eft certain.

Une loi jufte attache à fon effence ,

Grandeur, courage, activité, fcience.

Mufes, par vous nous font donnés les Arts,

Diane abat les monftres fous fes dards ;

Aux champs Troyens, près d'Hector & d'Atride

Vénus combat, & Pallas tient l'égide ;

Qu'un trait d'audace auffi digne des Dieux,

Par un prodige étonne ici les yeux!

Phrofine, efclave au palais de fes freres,

Étoit en butte à des affauts contraires.

Aymar croyoit, par un fort inhumain,

Laffer fon cœur & conduire fa main:

Cependant Jule idolâtrant Phrofine,

Rompt en fecret les nœuds qu'on lui deftine.

Le traître alors en voilant fa noirceur,

Trompoit les yeux de fa crédule fœur.

A fes côtés Phrofine fans alarmes

S'applaudiffoit de l'oubli de fes charmes,

Marchoit au piége, & ne redoutoit pas

Les feux couverts qui dormoient fous fes pas.

Tel, dans fes flancs, le Véfuve perfide,

Semble amortir fa flâme moins rapide.

La terreur ceffe : on voit autour de lui

Se rapprocher les troupeaux qui l'ont fui;

Cérès étend fa nouvelle culture,

Quand, tout-à-coup, effrayant la nature,

Le volcan brûle, & fon déluge affreux

Couvre les champs de bitume & de feux,

Sous les dehors de fon amitié feinte,

Jule, à fa fœur ôtoit donc toute crainte;

Ils s'occupoient à d'innocens plaifirs,

Souvent au foir le fouffle des Zéphirs

Les promenoit fur les vagues profondes.

Tous deux un jour ils voguoient fur les ondes,

Jule, Phrofine, un guide qui ramoit.

Aly qu'enfin nul foupçon n'alarmoit,

Reftoit au port. Jule auffi-tôt dans l'ame

Cede à l'efpoir de fa coupable flâme.

Quels traits, Amour, prends-tu dans ta fureur?

L'œil égaré, le front pâle d'horreur,

Il voulut rompre un filence farouche,

Le crime héfite à fortir de fa bouche;

Mais dans fes yeux Phrofine a vu fa mort.

« Mon frere, ô ciel! d'où te naît ce tranfport?

» Tu vois, dit-il, la rame qui retombe

» Sur cet abyme; elle y creufe ma tombe,

» J'y vais périr, si ton cœur plus humain,

» Si ta pitié n'en ferme le chemin.

» Un mot auſſi m'ouvrira le Ciel même.

» La mort ou toi, c'eſt le ſort de qui t'aime.

» Phroſine, ah, Dieux! Si perdant ton courroux.....

» Nous ſommes ſeuls, j'expire à tes genoux.

» Rends-toi; je meurs....Non, traître, dit Phroſine.

» Ah! deſcendons ſur la rive voiſine.

Jule... obéis.... « Non, reprit-il, attends,

» Je te rendrai libre dans peu d'inſtans;

» J'en ai trop fait, trop de fureur m'anime,

» Pour n'emporter que la moitié du crime.

» Jule, en mourant, goûtera la douceur

» De triompher de ſa barbare ſœur ».

Moment affreux! Phroſine ſans défenſe,

Voit de la mer la ſolitude immenſe

Se jette aux pieds de ſon frere inhumain;

En frémiſſant elle baiſe ſa main,

Veut l'arrêter, le conjure, l'appelle.

« Quel lieu! quel tems! differe au moins, dit-elle,

» Vois ce forçat. Peux-tu d'un tel regard?....

» Attends, je vais d'un coup de ce poignard ».....

Elle l'arrête; & fauvant fa victime

Touche à l'inftant de voir combler le crime.

Tel un oifeau de frayeur expirant,

Voit fur fa tête un Faucon dévorant.

Phrofine alors joint l'adreffe au courage,

Feint de céder, fuit fes bras, fe dégage,

Et dans les eaux fe plonge au même inftant.

Jule la fuit en s'y précipitant.

Il difparoît, & Phrofine furnage,

De tout fon art Phrofine fait ufage.

Le Matelot vouloit fauver fes jours.

« Va, porte ailleurs, dit-elle, ton fecours,

» Sauve ton Maître ». Il y vole, & l'amene

A demi mort étendu fur l'arene.

Phrofine aborde, & du monftre odieux,

Dérobe encor le crime à tous les yeux.

La feule Aly fçait l'avanture affreufe,

« Hélas! difoit l'Amante malheureufe,

„ Si par les flots j'échappe à la noirceur

„ D'un affaffin, d'un lâche raviffeur,

„ Ne puis-je, ô mer! les traverfer encore

„ Pour retrouver le feul bien que j'adore?

„ Sauve l'Amour, toi qui fauvas l'honneur.

„ Je te devrai deux fois tout mon bonheur ».

Par cet efpoir, & féduite & guidée,

De quel projet elle enfanta l'idée?

Elle a, dit-elle, en ce preffant danger,

Fait un ferment qu'elle veut dégager;

D'un faint devoir, il faut qu'elle s'acquitte,

Un vœu l'appelle au rocher de l'Hermite.

L'auftere Aymar, tyran de fes plaifirs,

Laiffe un champ libre à fes pieux defirs.

Mais, par les yeux d'une importune fuite,

De loin encore il veille à fa conduite.

En peu d'inftans on la mene en ces lieux.

Elle a, fur-tout, un defir curieux

D'en voir l'accès, d'en connoître la plage.

Phrofine monte à cet antre fauvage

Le front couvert d'un voile pénitent,

Pour mieux tromper l'insulaire Habitant,

A chaque pas son ame se déploie,

Et tous ses sens ont tréfailli de joie.

L'âpre sentier ne pouvoit l'arrêter.

Phrosine avoit des aîles pour monter.

Du Solitaire, enfin, elle découvre

Le toît de joncs qui lui paroît un Louvre.

Les Cieux, pour elle auroient eu moins d'appas,

Que la poussiere où s'impriment ses pas.

Comme elle adresse une ardente priere

A chaque endroit de la sainte chaumiere!

Ce lieu d'effroi, tombeau de son Amant,

Devient pour elle un lieu d'enchantement.

Sans être vûe elle voit Mélidore,

C'est son Amant, c'est l'objet qu'elle adore.

L'auftere habit dont son corps paroît ceint,

Releve encor tous les charmes du Saint.

Si la langueur dans ses yeux se fait lire,

Elle en jouit, c'est elle qui l'infpire.

Cent

Cent fois Phrofine, en fon trouble preffant,

Veut arracher fon voile embarraffant.

A le lever fa main eft toujours prête;

La peur, toujours l'intimide & l'arrête.

Phrofine, hélas! tout près de fon Amant,

Touche fes pieds, baife fon vêtement.

« Ange du Ciel, je t'implore, dit-elle,

» Joins ta ferveur à l'excès de mon zele

» Et prends pitié de l'objet que tu vois. »

Phrofine acheve en étouffant fa voix.

Prête à quitter ce bienheureux rivage,

Elle y fufpend une dévote image;

Et pour offrande en ce lieu d'oraifon,

Laiffe un tribut des fleurs de la faifon,

Part ignorée, & retourne à Meffine.

O malheureux! tu méconnois Phrofine.

C'étoit Phrofine à tes pieds, fous tes yeux!

Quand tu l'appris, que devins-tu? grands Dieux!

Dans cette offrande, ouvrage du myftere,

Il trouve, il lit un billet qui l'éclaire,

Il doute encor, & plein d'étonnement

Relit ces mots : *Phrofine à fon Amant.*

« C'eft ta Phrofine, ô mon cher Mélidore,

» Qui t'a revu, qui veut te voir encore.

» Envain la mer s'oppofe à mon effort,

» O mon Amant! je changerai ton fort.

» Pour nous rejoindre & nous venger du crime,

» L'Art & l'Amour m'ont foumis cet abyme.

» Je franchirai cet obftacle odieux.

» Demain, quand l'ombre aura voilé les Cieux,

» Sur le fommet de ton rocher aride,

» Fais voir au loin un fanal qui me guide.

» J'en ai connu les entours & l'abord.

» Veille fans crainte, attends-moi fur le bord,

» Et tu verras fur la rive écumante,

» Seule à la nage aborder ton Amante.

» L'efpoir, l'Amour, fon aftre & les Zéphirs

» Me conduiront au port de mes plaifirs ».

Il lit; fes pleurs font un voile à fa vûe;

Saifi, frappé d'une atteinte imprévue,

Son cœur ému palpite tour-à-tour,

D'effroi, d'espoir, de délire & d'amour.

C'étoit Phrosine ! elle a fui la cruelle !

Il dit, & tombe en disant : *c'étoit elle.*

Collé sur terre, il y reste attaché,

Baisant la trace où Phrosine a marché.

Il se ranime, il vole à cette image ;

Il y contemple une femme à la nage,

Près d'un écueil luttant au sein de l'eau.

Il se voit peint lui-même en ce tableau,

Les bras tendus vers l'objet qui s'approche.

L'Amour assis au sommet d'une roche,

Dans le lointain fait éclater ses feux.

« Ah ! je t'entends, dit l'Hermite amoureux ;

» Mais qu'espérer de ce projet terrible ?

» J'y vois, hélas ! un obstacle invincible.

» Que veux-tu faire ? Attends, tu vas périr.

» Vois quel danger l'Amour te fait courir !

» Phrosine ! vois l'abyme que tu passes !

» Ah Dieux ! Ses bras arrondis par les Grâces,

C ij

» Nés pour l'Amour, confacrés au repos,

» Sont-ils donc faits pour combattre les flots?

» Non, c'eft à moi d'en éprouver la rage.

» O! ma Phrofine, entends fiffler l'orage.

» La mort te fuit, le naufrage t'attend....

» Demeure » ... Il parle à cet objet flottant.

Le jour fuivant il lui parloit encore ;

Sur l'autre bord, l'Amante qu'il adore,

De tous fes vœux fatiguant les Zéphirs,

Preffoit la nuit d'avancer fes plaifirs.

Aly, par zele, au rocher veut la fuivre,

Par amitié Phrofine s'en délivre ;

Mais fa prudence annonce fon retour,

Dès que fes yeux verront naître le jour.

Déja, dans l'onde achevant fa carriere,

L'aftre brillant éteignoit fa lumiere;

Quand, fur ces mers Phrofine ouvre les yeux

Pour voir un aftre encor plus radieux.

L'air étoit calme, & la vague tranquille

Applaniffoit fa furface mobile;

Sur l'horifon la Lune en renaiffant,

Bornoit fon orbe aux feux de fon croiffant.

D'autres clartés ne brilloient pas encore :

Déja Phrofine accufoit Mélidore ;

Lorfqu'un rayon de l'amoureux fanal

De fon bonheur lui montra le fignal.

Sa main dépouille auffi-tôt fa parure ,

Et l'art banni rend tout à la nature.

Tels, d'Amimone on compte les appas ,

Au bord de l'onde où l'amour fuit fes pas ;

Lorfqu'à fon gré le Zéphir idolâtre ,

Flatte, careffe, environne l'albâtre

De tout fon corps qu'elle plonge à l'inftant,

Au fond des eaux où Neptune l'attend.

Phrofine ainfi voloit à fa conquête ;

Un fentiment l'intimide & l'arrête.

En quel état paraîtra-t-elle, ô Dieux !

Aux yeux d'un homme. Et quel homme ? & quels yeux ?

Mais fon falut impofe cette gêne ,

L'amour, enfin la décide & l'entraine.

Il fera nuit. Cet homme eft fon Amant.

Partez, Phrofine, on peut tout en aimant.

Vénus ainfi parut au fein de l'onde.

Applanis-toi, vague altiere & profonde,

Regnez, Zéphirs, Vents foyez retenus,

Confpirez tous pour cette autre Vénus.

Fin du Chant Troifiéme.

Ch. Bison, del.

C. Baquoy, Sculp.

CHANT QUATRIEME.

Si je tenois les pinceaux d'Aufonie,
Livré fans peine aux écarts du génie,
Je me plairois, Mithologue abondant.
A foulever l'Empire du Trident;
Mille tritons fuivant mon Héroïne
La chanteroient fur leur conque divine;
La Néréïde en gémiroit tout bas,
Et fous les flots cacheroit fes appas.
De ces tréfors l'abondance eft aride,
L'image eft froide, où l'intérêt décide.
Hâtons-nous, Mufe, il faut en cet écrit
Le cœur qui fent, non l'efprit qui décrit.
J'ai, pour toucher, d'affez puiffantes armes.
Aly, craintive, eft ici toute en larmes,

Là, c'eſt Phroſine expoſant ſes beaux jours,

Plus loin l'Amant qui craint pour ſes amours.

De ſon rocher l'amoureux Mélidore

N'entend, ne voit, n'entrevoit rien encore.

Il marche, écoute, appelle à tout moment,

De ſon fanal excite l'aliment,

Monte au rocher, redeſcend au rivage,

Bénit le calme & conjure l'orage.

Il voit enfin naître un ſillon léger,

Un bruit s'éleve, aux vagues étranger.

L'objet paroît ſur un flot qui bouillonne,

Il meurt de joie, & de crainte il friſſonne;

D'un flot à l'autre il meſure la mer,

Son œil avide a le feu d'un éclair;

Tout ſon ſang brûle, & tout ſon cœur palpite;

L'objet s'approche, & lui ſe précipite,

L'atteint, l'enleve au fatal élément.

Ah! quel fardeau pour les bras d'un Amant!

Quel coup, ô ciel ! quelle ſcene inouie !

Mais ſa Phroſine étoit évanouie;

Trop de frayeur, de fatigue & d'efforts

Avoient hélas! épuifé fes refforts.

Quand fon Amant par cent baifers de flâme,

Rouvre fes yeux, reffufcite fon ame.

Rouvre fes yeux, pleins d'un charme nouveau,

Voile fon corps des plis de fon manteau,

Puis, hors de lui, la contemple & foupire.

» O ma Phrofine! eft-ce toi que j'admire?

» Toi que j'embraffe? Hélas! eft-ce bien toi?

» A quel danger tu voles fans effroi?»

» Vois mon bonheur, mais connois mes alarmes.

» A tant d'horreurs expofer tant de charmes »?

L'as-tu bien pû? — J'aime, j'ai tout ofé,

Tu vois, l'Amour m'a rendu tout aifé.

« C'eft toi, dit-il, ô Dieux! quand je t'écoute,

» Quand je te tiens, mon ame encore en doute.

» D'un malheureux, qui t'a dit le féjour?

» Tes oppreffeurs ont-ils perdu le jour?

» Hélas! par eux, victime infortunée,

» Je te croyois à l'Hymen enchaînée.

» Tu m'es rendue ! & comment ? Sur quel bord ?

» J'ai fçu , dit-elle, & ta fuite & ton fort.

» Dans fes effets l'Amour en nous differe.

» Le mien agit , le tien fe défefpere.

» Heureux fans moi , tu vis dans ce féjour ;

» Moi , fans te voir , j'euffe expiré d'amour.

» Un an ! quel fiécle a coulé fur ma vie ,

» Depuis l'inftant qu'à moi-même ravie

» Je ne t'ai plus. J'ai tremblé , j'ai frémi

» Des attentats de mon fang ennemi.

» L'odieux Jule a redoublé fa rage ;

» Le fier Aymar preffé mon efclavage.

» Je t'ai gardé cet amour immortel

» Que je te jure ici fur ton autel.

» Amant , Epoux , Prêtre , & témoin enfemble,

» Forme & bénis le nœud qui nous raffemble.

» Le Ciel nous voit , il entend nos fermens.

» La loi d'Hymen c'eft la foi des Amans ».

Et telle fut la foi qu'ils fe promirent.

Pour l'affurer leurs deux bouches s'unirent.

L'Amour couvrit leur antre ténébreux,

Et l'univers s'anéantit pour eux.

Né du hafard ou d'un fatal augure,

Un bruit foudain fit trembler la Nature,

L'onde en fureur battit les fondemens

Du roc affreux, palais de nos Amans.

Un coup de foudre en abattit la cîme

Qui s'engloutit au centre de l'abyme

Avec un bruit qui cent fois redoubla,

Pareil au bruit des monftres de Scylla.

Les vents, les flots, la tempête & la foudre

Auroient alors réduit le monde en poudre.

Le couple heureux, de fa chûte accablé,

En eût péri fans en être troublé.

Comme enchanté dans leur grotte profonde,

Leur nouvel être habite un nouveau monde ;

Et tous leurs fens en un feul confondus,

Semblent s'unir pour aimer encor plus.

L'aube déja perçant les voiles fombres,

Chaffoit du Ciel la tempête & les ombres ;

Et l'horifon, dans un vague lointain,

Étoit rougi des vapeurs du matin;

Quand l'œil ouvert, Phrofine la premiere

Voit ce rayon d'importune lumiere,

Se plaint du jour qui naît fi promptement,

Mais lui fait grace en voyant fon Amant.

La tendre époufe aux bras de Mélidore

Veut s'arracher; elle y retombe encore.

Lui, qui trembloit des dangers du retour,

La retenoit par tous les noms d'Amour.

L'affreux devoir enfin la détermine.

On pleure, on part. Le retour, à Phrofine,

Parut plus long. L'objet étoit changé.

Par l'Amour feul l'efpace eft abrégé,

Et par l'efpoir fon ame eft foutenue,

L'épreuve eft faite, & la route eft connue.

Phrofine ainfi voguoit au gré du fort,

Et fon Aly fe défoloit au port.

De cette nuit elle avoit vu l'orage,

Tout lui fembloit un garant du naufrage,

Quand fur la vague à fes yeux fut rendu
L'objet fi cher qu'elle avoit cru perdu.
Aly reçoit dans fes bras tant de charmes,
Et les preffant, les baigne de fes larmes;
Avec tranfport, raconte fa terreur,
De cette nuit lui peint toute l'horreur,
Et d'un fuccès qu'à peine elle ofe croire,
Veut à fon tour fçavoir toute l'hiftoire.
Tout lui fut dit; le cœur n'oublia rien;
L'Amour heureux compte toujours fi bien !....
L'Amour heureux veut auffi toujours l'être :
Le feu lointain qu'on avoit fait paroître ,
Parut encor. Nul aftre dans les Cieux ,
Pour l'obferver n'exerça tant les yeux;
Nul aftre auffi n'eut un cours fi fidele.
Prompte à le voir, dès qu'il fe renouvelle,
Phrofine vole à des plaifirs nouveaux,
Defcend au bain , fe jette au fein des eaux,
Et , par fon Art, afferviffant Neptune,
Commet aux flots l'Amour & fa fortune.

Tout ce qu'on dit des Mondes enchantés,

Iles d'Amours, Temples des voluptés,

Jardins, Palais de Vénus & d'Armide,

Tout étoit-là dans un défert aride.

Pourquoi faut-il, que les Tyrans des airs,

Les rochers même, & les Monftres des Mers,

Soient adoucis par des amours fi rares,

Tandis qu'il eft des hommes plus barbares,

Qui, par le crime, aux enfers dévoués,

Troublent des feux du Ciel même avoués?

Des Faventins telle on vit la furie.

Jule outragé, l'ame de fiel nourrie,

Las de fe taire, & confus de parler,

A fon bonheur voulut tout immoler.

Si la nature à fa flâme eft funefte;

Pour la punir d'abhorrer fon incefte,

Il veut armer le ténébreux féjour,

Et mettre aux fers la Nature & l'Amour.

Meffine alors en prodiges fertile,

Dans fon enceinte accordoit un afyle

'A ces Devins, à ces vils Enchanteurs

De l'avenir dangereux fcrutateurs,

Qui promenant leur mifere profonde,

De leur enfer font l'image en ce monde.

Un monument eft le repaire affreux

Où leur Sybille au teint pâle, à l'œil creux,

Le front couvert de fes rides antiques

Juge au milieu de trois cercles magiques.

On voit près d'elle à fes cris menaçans

Les fpectres vains, les larves impuiffans ;

Et l'Œmonide opérant les miracles,

Parle aux enfers, & vomit les oracles.

Son art, fur-tout, excelle à mettre au jour

Tous les poifons, tous les philtres d'amour.

Sur un brâfier fa coupe eft toujours pleine

De fucs vengeurs inftrumens de la haine.

Sur un Autel d'os, de fange & de fang,

D'une effigie elle perce le flanc,

Où la perfide empoifonne avec joie

Le voile impur qu'à Creüfe elle envoye.

A fes fecrets Jule ayant eu recours,

Tenta l'effet des magiques fecours.

De joie alors la Pythoniffe éclate

Et rit d'entendre un crime qui la flatte.

« Je répondrai, dit-elle, à ton efpoir;

» L'enfer a mis ce charme en mon pouvoir.

» Je puis d'un mot unir la fœur au frere,

» La mere au fils, & la fille à fon pere.

» Ainfi bruloient Myrrha, Phédre, Biblis;

» Mais fi Phrofine a vu fes vœux remplis,

» D'un autre amour, le charme eft impoffible.

» Non, non, dit-il, Phrofine eft infenfible.

» Ah! crains de voir tous les traits impuiffans,

» Crains d'éprouver la glace de fes fens. »

A ce défi la fatale interprête

Redouble encor le charme qu'elle apprête;

Conjure, évoque, appelle fes Démons;

Trois fois fa bouche a répété leurs noms;

Trois fois baiffé, fon Sceptre redoutable

D'un trait magique a fillonné le fable.

                                        L'Erebe

L'Erebe eſt ſourd ; un ſilence profond

Trompe ſon Art, l'étonne & la confond.

Un jour plus pur ſe fait voir, & la terre,

Loin de s'ouvrir ſous ſes pas ſe reſſerre.

« Quel ſigne affreux, dit-elle, on te trahit;

» Sous ton rival l'enfer même obéit.

» Phroſine eſt tendre, & l'Amant qui l'adore

» En eſt aimé. Jule en doutoit encore.

» Veux-tu, dit-elle, en voir le ſéducteur ?

» Prends ce miroir : magique délateur

» Il apprend tout ». Quel coup d'œil ! quelle image !

Jule égaré voit Phroſine à la nage,

La ſuit, l'obſerve en cet antre ignoré,

Et dans ſes bras voit l'Hermite adoré.

Au même tems qu'il frémit de colere,

Le monſtre au cœur lui lance une vipere.

Banni ſoudain de ce cœur ulcéré,

L'Amour a fui, l'enfer eſt demeuré.

Seul à ſon tour, il conjure, il appelle

Et la vengeance & la rage cruelle;

D

Des cris plaintifs répondent à sa voix,

Et le Ténare est vaincu cette fois.

Le charme opere; & l'affreuse Œmonide

Arme ses mains d'un flambeau d'Eumenide.

« Prends, lui dit-elle; en allumant ses feux,

» Ceux de ta sœur s'éteindront devant eux.

» Garde un présent qui lui sera funeste.

» L'esprit vengeur t'apprendra tout le reste. »

Jule, à ces mots, quitte ces lieux d'horreur,

Marche & ne sçait où vomir sa fureur.

Trop plein de rage il se plaît à l'étendre

Jusqu'à son frere étonné de l'entendre;

L'un veut punir l'infâme ravisseur,

L'autre avant tout, veut immoler sa sœur.

Aymar, lui-même, invente le supplice

Et Jule, ô Dieux! Jule en est le complice.

Pour faire luire un signal frauduleux,

On a besoin d'un tems plus nébuleux.

Ce tems arrive; & d'une égale rage

Sur un esquif ils quittent le rivage

Et vont, armé de ce flambeau fatal
Qui doit fervir de perfide fanal.
Phrofine , aux traits de fa fauffe lumiere
Rentre foudain dans l'humide carriere.
O malheureufe ! où vas-tu ? vois ton fort,
Fuis ce rayon, c'eft l'aftre de la mort.
J'appelle envain , je la vois qui s'engage
Loin du rocher qu'obfcurcit un nuage.
L'efquif s'éloigne en l'égarant toujours
La mer l'étonne. Un fi pénible cours
L'appefantit ; elle fent un abyme ,
Mais elle voit ce feu qui la ranime.
Elle s'épuife en efforts toujours vains,
Et fans pitié deux freres inhumains
Pour voir fa mort, reculent devant elle.
Jule un moment flotte , héfite , chancelle,
Saifit la rame & veut la fecourir.
Non, dit Aymar , le monftre doit périr ,
C'eft à l'abyme à couvrir cet outrage.
Jule attendri veut adoucir fa rage ;

D ij

Combat, avance, il tâche quelqu'inſtant
De la ſauver. Phroſine s'agitant
Levoit la tête & prononçoit encore :
Où ſuis-je ? où vais-je ? ô mon cher Mélidore !
Jule attentif au nom de ſon rival
Frémit, arrête, engloutit le fanal,
Recule encore, & dans la nuit profonde
Livre Phroſine aux abymes de l'onde.
Que n'eſt-il vrai ce pouvoir enchanteur
Par qui jadis le ciel réparateur,
En Déïté transformoit une Belle !
Phroſine, hélas ! tu ſerois immortelle,
Et tu péris ſans grace & ſans retour.
Plus malheureux, ô toi, qui vois le jour !
Qui t'apprendra cette horrible nouvelle ?
Il tient envain dans cette nuit cruelle,
Ses yeux ouverts, ſes fanaux allumés,
Il a perdu les vœux qu'il a formés.
L'île d'amour n'a pas vu ſa Déeſſe ;
Mille ſoupçons allarment ſa tendreſſe.

Il va s'en plaindre au fatal élément,
Il en approche. O frayeur d'un amant !
Ma main friſſonne à tracer cette image,
Il voit flotter un corps près du rivage ;
L'effroi, l'amour, précipitent ſes pas
Vers ce jouet de l'onde & du trépas.
Quel coup de foudre ! O ciel ! c'eſt ſon amante
Qu'à ſes pieds roule une vague écumante.
C'eſt elle. . . . Il tombe, immobile, éperdu,
Sur cet objet dans le ſable étendu.
C'eſt elle ! . . . Il ſort de cette horreur profonde,
Pour déteſter le ciel, la terre, & l'onde.
Sous la pâleur de ſes livides traits,
Il voit, contemple, adore ſes attraits,
Touche ſon cœur pour y chercher la vie.
Tout eſt glacé, la Parque eſt aſſouvie.
Sur ces débris qu'il preſſe avec effort,
Sur la mort même il implore la mort :
J'ai tout perdu, s'écrioit Mélidore.
O ciel ! tu meurs ! O ciel ! je vis encore !

Phrosine , attends l'ame que je te doi ;

Le jour affreux peut-il luire sans toi ?

Quand tu péris , l'univers fait naufrage.

O mer ! acheve, engloutis ce rivage.

Mer infidelle où brilloient tant d'appas ,

As-tu bien pu lui donner le trépas ?

C'est-elle, ô ciel, qu'on voit sur ton arêne ,

Rebut des flots dont elle fut la reine.

Hélas ! c'est moi qui la prives du jour !

Pourquoi, cruelle, avoir eu tant d'amour !

J'en fus l'objet ; & c'est moi qui te tue...

Il perd la voix ; & sa bouche éperdue

Dévore encore ces restes précieux ;

Il les transporte au sommet de ces lieux

Pour s'y livrer à la mort qu'il projette ;

Il voit Phrosine ; un charme encore l'arrête,

La contempler même en dépit du sort ,

Est un plaisir qu'il dérobe à la mort.

Le jour naissant trouve encore Mélidore

Les bras liés à ce corps qu'il adore.

Prêt d'expirer , le dernier de ſes vœux
Eſt qu'un tombeau les uniſſe tous deux.
Pour couronner cette union fidelle ,
De ſa ceinture il s'enchaîne avec elle.
La mort ainſi ne peut m'en arracher.
Il dit , s'élance , & tombe du rocher.
L'onde engloutit ſa proie infortunée ,
Qui reparut vers Meſſine étonnée ,
Où l'on grava tous ces événemens
Sur un tombeau commun à ces Amans.

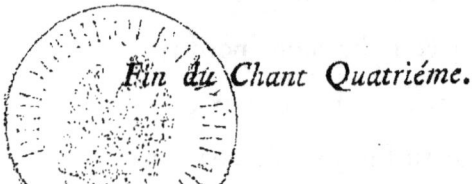 *Fin du Chant Quatriéme.*

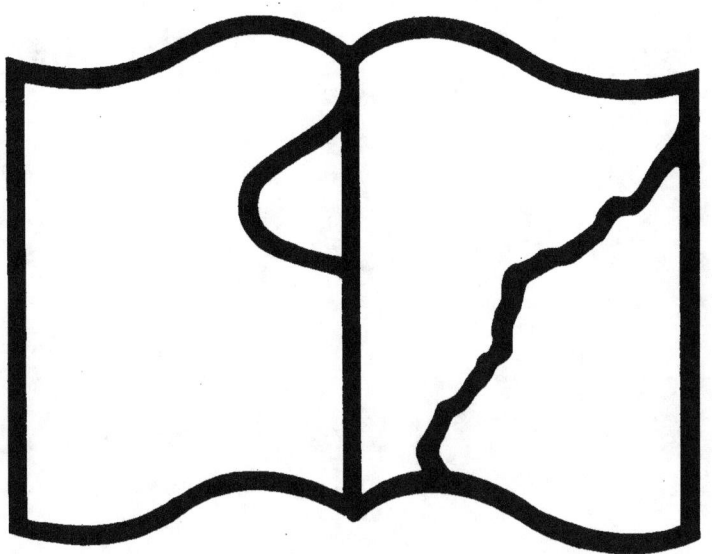

Texte détérioré — reliure défectueuse

NF Z 43-120-11

www.ingramcontent.com/pod-product-compliance
Lightning Source LLC
Chambersburg PA
CBHW060804180626
46818CB00002B/689